CONSIDÉRATIONS
SUR LES
DIEUX D'HOMÈRE,

THÈSE DE LITTÉRATURE

PRÉSENTÉE

A LA FACULTÉ DES LETTRES DE STRASBOURG,

ET SOUTENUE PUBLIQUEMENT

Le Samedi, 18 Août 1827, à dix heures,

POUR OBTENIR LE GRADE DE DOCTEUR ÈS-LETTRES,

PAR

J. F. STIÉVENART,

LICENCIÉ ÈS-LETTRES, ÉLÈVE DE L'ÉCOLE NORMALE, PROFESSEUR DE RHÉTORIQUE
AU COLLÉGE ROYAL DE STRASBOURG.

STRASBOURG,
DE L'IMPRIMERIE DE Mme Ve SILBERMANN, PLACE St-THOMAS, N° 3.
1827.

STATUT UNIVERSITAIRE DU 9 AVRIL 1825.

ARTICLE 41.

Pour chaque Thèse, le Doyen désigne un Président parmi les Professeurs devant qui elle devra être soutenue. Ce Président examine la Thèse en manuscrit; il la signe, et il est garant des principes et des opinions que la Thèse présente, sous le rapport de la religion, de l'ordre public et des mœurs.

PRÉSIDENT DE LA THÈSE,

M. HULLIN,

PROFESSEUR DE LITTÉRATURE FRANÇAISE A LA FACULTÉ DES LETTRES.

CONSIDÉRATIONS

SUR

LES DIEUX D'HOMÈRE.

« Laissez le philosophe reprocher à Homère d'avoir abaissé les Dieux jusqu'à la condition de l'homme; vous, ne voyez qu'un poëte qui élève l'homme jusqu'à la condition des Dieux, et qui, par cette continuelle association de la terre avec le ciel, ennoblit toutes les passions, jette le plus grand intérêt sur les actions de ses personnages, et imprime à toutes les parties de son poëme le caractère du merveilleux, en communiquant au merveilleux le caractère de la vraisemblance. »

L'Abbé Arnaud. — *Eloge d'Homère.*

AVANT-PROPOS.

Pour peu que l'on apporte à la lecture d'Homère le goût de la haute poésie et de l'antiquité, on est étonné de la foule d'observations de toute espèce qui viennent, à chaque page, assiéger l'esprit. Science des mœurs, des usages, du costume, de tout ce qui composait le matériel de la vie chez les Grecs et chez les Troyens; connaissance topographique de la patrie de Dardanus et de Priam, des idées admises dans la religion, la morale, le droit des gens et le gouvernement de ces peuples antiques; tactique militaire, art de la navigation; étude de la langue du poëte; histoire, analyse et critique littéraires; inspirations que les artistes en tout genre ont puisées et puisent encore dans les œuvres fécondes du père de la poésie; et les hommes et les choses, et le ciel et la terre, vous brûlez de tout recueillir, de tout savoir, de tout entreprendre. L'Iliade et l'Odyssée offrent à nos méditations un texte immense, inépuisable, où nous pourrions étudier successivement le chantre d'Achille et d'Ulysse comme historien, comme philosophe, comme naturaliste, comme poëte; étude à laquelle la vie la plus longue et la plus laborieuse suffirait peut-être à peine.

Et qu'on ne dise pas que toutes ces recherches sont inutiles pour bien connaître Homère. Lire ses deux poëmes en se bornant à la partie grammaticale, c'est étudier la langue, et ce travail a, sans doute, un grand prix: mais c'est le caractère du siècle que cet homme prodigieux a célébré, c'est son génie avec tous les élémens qui le composent, c'est le génie grec tout entier que je veux connaître. N'oublions jamais que, par de là les mots, sont les pensées et les sentimens, et que, seuls interprêtes de l'état du genre humain, aux premiers âges du monde idolâtre, les pensées et les sentimens exprimés dans Homère nous révèlent, après cette bible sacrée qu'inspira une plus haute sagesse, les découvertes les plus dignes peut-être d'intéresser notre cœur et d'éclairer notre intelligence. Je ne sais s'il ne mérite pas d'être plaint, le lecteur peu sensible en qui la peinture de l'Apollon ou du Jupiter [1] n'éveilla pas le désir d'en aller chercher la traduction sublime dans les chefs-d'œuvre de la sculpture antique; qui ne se promit point de demander à Wood la fidèle image des lieux où combattit Hector, où le fils de Pélée

[1] Il. I. 43; I. 538; κ. τ. λ.

charmait ses douleurs en célébrant sur sa lyre les louanges des héros [2]; qui ne s'est jamais plu à rapprocher du vieux barde grec Ossian, Milton, et l'art exquis du sage et tendre Virgile!

Je soumets ici à mes juges académiques quelques remarques sur une seule des parties de ce vaste ensemble qu'on pourrait appeler l'Encyclopédie homérique. Heureux si, appuyé sur des idées empruntées pour la plupart, je ne leur en parais pas moins digne de leurs suffrages, et d'un titre que je veux apprendre d'eux à honorer!

Dans presque toutes les scènes de l'Iliade et de l'Odyssée les Dieux jouent un grand rôle. Qu'était-ce que ces Dieux? voilà la question à laquelle je me suis efforcé de répondre.

Une première section contiendra des observations générales sur les rapports de la poésie avec la religion.

Je tenterai, dans la section suivante, d'appliquer ces mêmes observations à Homère.

Le reproche d'impiété, qui lui a été fait plusieurs fois, sera examiné dans la 3me section.

La 4me sera consacrée à l'intervention des Dieux dans les deux épopées grecques, comme moteurs de l'action.

Je présenterai, en forme de table, dans la section 5me et dernière, des scènes détachées de l'un et de l'autre poëme, qui pourront servir de *thèses*, et démontrer, par leur application, les propositions contenues dans cet écrit.

---

[2] Il. IX, 185. Voyez, dans les anciens historiens, de quels honneurs Alexandre-le-Grand environna le tombeau d'Achille, lorsqu'il passa dans la Troade pour son expédition d'Asie. « Ce prince, dit Plutarque, visitait la ville d'Ilion: quelqu'un lui proposa de lui montrer la lyre de Pâris. Pour celle-là, répondit Alexandre, je ne m'en soucie guère; mais je verrais volontiers celle dont Achille accompagnait sa voix quand il chantait les héros.» *Vie d'Alex.*

SECTION PREMIÈRE.

Observations générales sur les Rapports de la Poésie avec la Religion.

Si le beau était relatif et arbitraire, s'il dépendait de notre organisation physique ou de nos facultés morales, on le verrait périr et renaître avec nos sensations, et prendre tous les caractères successifs de nos passions versatiles; l'homme pourrait le modifier à son gré, comme tout ce qui est soumis à l'empire immédiat de sa volonté. S'il était un attribut de la matière, essentiellement fugitif et variable comme elle, il tromperait notre esprit et nos yeux, et, comme le Protée de la fable, il se déroberait sans cesse à nos prises sous des formes inconstantes. Mais l'expérience de tous les âges nous montre le beau comme immuable de sa nature. Tandis que les goûts et les caractères varient avec la rapidité des années, que l'homme est infidèle à lui-même, que tout ce qui sort de sa main est soumis aux jeux inconstans de la fortune, que les générations naissent, s'accroissent, déclinent, meurent, et renaissent pour s'accroître, décliner et mourir, le beau plane au-dessus de cette scène changeante, et, comme la vérité et la vertu, il passe inaltérable à travers l'avilissement et la perversité des siècles. Il est dans les temps d'ignorance et de barbarie le même que dans les beaux jours de la science, où il fait le charme des peuples civilisés. Il apparaîtra aux générations futures tel qu'il apparut à Platon, lorsque, échappé aux réalités matérielles, il cherchait la vérité par-delà les hommes.

De là, le besoin pour l'esprit de rapporter le beau, objet de la poésie comme de tous les arts, à une nature immuable et éternelle: cette nature, c'est Dieu. L'émotion que nous fait éprouver la lecture d'un chant prophétique d'Isaïe, de l'Iliade, d'une belle scène de Corneille, n'est autre chose que l'action plus ou moins immédiate de la divinité sur nous.

Dieu, source du beau, source unique, est donc aussi l'objet essentiel de la poésie, au moins de la poésie primitive, de la poésie telle qu'on la vit éclore spontanément du développement des facultés de l'esprit chez les premiers hommes. Il existe, d'ailleurs, ce semble, un rapport intime entre la disposition religieuse du cœur et l'inspiration du génie: dans l'une et dans l'autre il y a enthousiasme, c'est-à-dire, sentiment de la divinité en nous. Au fond de ces deux émotions viennent également se confondre et comme se perdre dans un mystérieux mélange toutes les puissances de notre âme. Je n'en voudrais d'autre preuve que les expressions si poétiques consacrées dans quelques-unes des plus touchantes prières de l'Eglise. Artistes et poëtes, à ces momens précieux où votre génie, prêt à produire, s'anime et s'échauffe dans le silence et le recueillement, ne vous semble-t-il pas que l'ange des grandes pensées descende du ciel et vienne vous apparaître? Ames saintes et pieuses, quand la prière et la méditation vous détachent de cette terre, objet de vos sublimes dédains, quelle poésie naîtrait des transports auxquels vous vous livrez, si l'Eternel vous avait accordé à la fois de les sentir et de les peindre!

La poésie, ainsi que tous les arts, touche à la religion par le sentiment de l'infini. Pour bien comprendre qu'elle est essentiellement religieuse dans son principe, il faudrait pouvoir se figurer les hommes des anciens temps dans toute la simplicité des premières mœurs; il faudrait encore se dégager pour quelques instans des idées raisonnées qui établissent une distinction, d'ailleurs trop réelle, entre la connaissance du vrai Dieu et l'idôlatrie. Remontez à l'origine de cet art divin, vous le verrez consacré presque exclusivement à célébrer les objets les plus dignes de la vénération des hommes, Dieu et la vertu. Les poëtes furent les premiers fondateurs de la religion publique : les idées de la divinité, qu'ils imprimèrent dans l'esprit des peuples, étaient nobles, majestueuses, propres à être rendues par les plus belles images. David, Homère, Eschyle ont été poëtes : ils étaient tous trois éminemment religieux, chacun selon le degré de lumières qu'il avait plû à la Providence de lui répartir. Une triste expérience n'avait pas encore appris aux contemporains de ces hommes diversement inspirés qu'on pût faire descendre la poésie des régions élevées où l'esprit céleste, où leur propre génie l'avaient placée, pour la mêler à nos passions, pour la profaner même par l'apologie du vice et de l'impiété. « Les Grecs, dit le docteur Lowth, regardaient la poésie, non comme une invention humaine, mais comme un présent du ciel. Ils honoraient les poëtes comme des ministres et des interprètes des Dieux. Les pompes de la religion étaient embellies chez eux des ornemens de la poésie. Les monumens littéraires les plus antiques qui nous restent encore de ce peuple ingénieux, sont des oracles et des prophéties exprimés en vers; sans doute afin que ces oracles parussent plus respectables à la multitude accoutumée à regarder le don de prophétie et le langage poétique comme l'effet de l'inspiration divine. Aussi l'opinion sur l'origine céleste de la poésie, opinion commune à tous les hommes dans ces siècles reculés, survécut chez les Grecs à la poésie même, et se conserva lors même que, par un abus monstrueux des fictions, la poésie et la religion se furent corrompues mutuellement [3]. » Médiateurs

---

3 *De sacr. Poës. Hebr. P. I, l.* 1.

entre le ciel et les hommes, les poëtes hébreux eurent le bonheur de chanter les louanges du vrai Dieu; moins austères, mais éminemment ingénieuses, les fictions des premiers poëtes grecs embellissaient de leurs charmes des traditions sacrées. Employer la poésie à corrompre les mœurs, c'est, dit admirablement Ancillon, prendre du feu sur l'autel de Vesta pour allumer un incendie. Qu'on cesse donc d'accuser d'irréligion et de vanité un art que Dieu a accordé aux hommes pour les plus saints usages, et qu'il a lui-même, par l'autorité de son exemple, voué aux ministères les plus augustes.

Mais, dira-t-on, un voile impénétrable dérobe la divinité aux regards des hommes : comment le poëte fera-t-il pour la peindre? Qu'est-ce que Dieu, considéré dans les arts? Nous allons tâcher de résoudre cette question, en reprenant d'un peu plus haut les idées qui s'y rattachent.

La poésie, le plus universel des beaux-arts [4], peint tous les objets qui sont dans la nature : le monde est son domaine, au moins le monde connu de l'homme; et la sphère de ses imitations n'a d'autres bornes que celles où les recherches de notre intelligence peuvent atteindre. Tout ce que le poëte sent, tout ce qu'il voit, tout ce qu'il embrasse dans son esprit de notions certaines et d'hypothèses probables, il peut l'exprimer et le peindre. Mais aussi son talent ne pourra jamais la porter au-delà : il a bien la faculté de combiner à sa volonté les élémens de ses connaissances, de manière à en former des êtres qui n'ont qu'une existence partielle, et c'est là le propre de l'imagination; mais le don de créer, c'est-à-dire, de concevoir et de

---

[4] Moses, *Réflexions sur les sources et les rapports des beaux arts et des belles-lettres.* — Marmontel, *Élém. de littérat.* art. *Poëte.* — Burke, *Rech. philos. sur l'orig. de nos id. du subl. et du beau, Ve partie, sect.* 7.

peindre ce qui n'est absolument pas, ce qui ne fut jamais, lui a été refusé par l'auteur des choses.

Dans ce vaste champ de la poésie, qui n'est autre que celui de la nature, il est une multitude innombrable d'objets qui frappent nos sens; il en est qui n'ont d'existence dans la pensée que comme modifications d'objets sensibles ou intellectuels; il en est enfin dont la substance pure et dégagée de la matière n'est accessible qu'à notre esprit: telles sont les idées de l'âme et de la divinité. Voilà donc les deux-tiers au moins des objets qui sont du ressort des arts, hors de la portée des sens: comment fera, pour les peindre, la poésie, qui ne vit que d'images sensibles, et qui ne résida jamais dans les abstractions métaphysiques? Elle empruntera les formes des objets matériels pour en revêtir les êtres spirituels qui leur correspondent dans l'ordre des harmonies de la nature: à l'aide de ce prestige brillant, de ce mensonge qui n'est que l'expression poétique des rapports cachés qui unissent le monde physique au monde moral, l'idée de Dieu même va prendre un corps à nos yeux, et descendre, pour ainsi dire, dans la classe des notions que nous acquérons par les sens.

Mais de quelles images revêtir la plus sublime des abstractions? Prendrons-nous au hasard les premières formes que nous présentera la nature matérielle? Pourrons-nous, comme les Grecs postérieurs à Homère [5], nous figurer l'Etre éternel sous le front

---

[5] Il est digne de remarque qu'on ne trouve dans Homère aucune trace de ces travestissemens ridicules. Nous voyons très-souvent, dans l'Iliade et l'Odyssée, les Dieux revêtir des formes humaines pour apparaître aux hommes, mais c'est toujours avec quelques circonstances pleines de grâce et de noblesse. Voyez surtout comment Hélène reconnaît Vénus déguisée en vieille femme, comment Télémaque reconnaît Minerve, au moment où cette déesse se retire, etc.

L'animal sous les traits duquel l'art me présente un Dieu, a beau être l'idéal d'une

velu d'un taureau ou sous le plumage argenté d'un cygne? Non, sans doute: de pareils tableaux, tracés par un pinceau facile et délicat [6], peuvent bien plaire et séduire un instant; mais un fonds de mécontentement reste dans l'âme : elle s'irrite de voir profaner un objet sacré pour lequel l'univers entier ne saurait fournir d'assez nobles symboles, et demeure convaincue que l'image du roi de la terre est la seule que nous puissions emprunter pour peindre le roi des cieux.

Ces observations ne se rapportent pas exclusivement aux arts imitateurs des formes: elles sont encore applicables aux prosopopées des poëtes, aux représentations sublimes qu'Isaïe, Homère et Milton nous ont laissées du père de la nature. Il ne semble donc pas inutile de nous y arrêter quelques instans.

Les plus belles formes que nous présentent les plus beaux individus, dans l'espèce humaine, ne sont pas sans défauts; toujours quelque imperfection plus ou moins sensible vient trahir leur nature basse et terrestre. Le poëte qui veut personnifier la divinité doit, ainsi que le sculpteur et le peintre, enter, pour m'exprimer de la sorte, les parties d'un individu sur celles d'un autre, comme l'adroit cultivateur ente sur une tige déjà féconde des bourgeons d'une espèce plus belle. Il doit réaliser par son génie la fable de Pandore, et rendre chaque beauté de la figure humaine tributaire de l'image idéale qu'enfante sa pensée. Ce

---

noble espèce; les flots de la mer ont beau s'ouvrir respectueusement devant le maître des Dieux, qu'ils reconnaissent sous la forme d'un taureau, etc. etc.: la distance sera toujours trop disproportionnée entre l'intelligence suprême et le grossier instinct de la brute pour que l'on puisse concevoir un pareil mélange sans dégoût. Puisque les arts sont malheureusement condamnés à dégrader la Divinité dans les images qu'ils nous en présentent, tâchons au moins d'arrêter le mal le plus près possible de sa source.

[6] Voy. Ovide.

n'est pas tout encore : il faut que le poëte épure les physionomies de ses Dieux de toute affection personnelle; que, dans leurs traits calmes et majestueux, il fasse réfléchir l'immutabilité de l'Être suprême; que son éternité et l'amour dont sa contemplation pénètre les cœurs soient exprimés par une jeunesse toujours brillante, ou par une maturité qui n'a pas perdu toute la fleur de l'adolescence; qu'enfin une légèreté pleine de délicatesse et de grâce soit le symbole de sa nature toute spirituelle.

Deux exemples, pris au hasard dans Homère et dans Virgile, serviront à confirmer les règles que nous venons d'indiquer. Au dernier chant de l'Iliade, Mercure se dispose à exécuter l'ordre que Jupiter lui a donné de guider Priam vers les vaisseaux des Grecs:

Ὣς ἔφατ' (Ζεύς)· οὐδ' ἀπίθησε, κ. τ. λ. 7 (Il. XXIV, 339.)

« Ainsi parle Jupiter: le céleste messager s'empresse d'obéir; il attache à ses pieds de belles aîles d'or, ces aîles immortelles qui le portent sur les ondes, sur la terre immense, aussi vîte que le souffle des vents; ensuite il prend le caducée, avec lequel il peut, à son gré, ou fermer les yeux des hommes ou les arracher au sommeil; et, le tenant en ses mains, Mercure s'envole dans

7 Virgile a traduit ces vers-ci:

« *Dixerat: ille patris magni parere parabat*
Imperio; et primum pedibus talaria nectit
Aurea, quæ sublimem alis, sive æquora supra,
Seu terram, rapido pariter cum flamine portant.
Tum virgam capit: hâc animas ille evocat Orco
Pallentes, alias sub tristia Tartara mittit;
Dat somnos, adimitque, et lumina morte resignat. »

En. IV, 238.

les airs. Bientôt il arrive aux campagnes de Troie, sur le rivage de l'Hellespont, et s'avance, semblable à un jeune prince éclatant de fraîcheur et de beauté. »

Remarquons dans cette délicieuse peinture le soin avec lequel Homère relève, par les épithètes les plus riches et les plus brillantes, les détails du costume de ses divinités. Les derniers traits de ce tableau sont mis adroitement dans la bouche de Priam, étonné de la noble figure et de la démarche imposante et fière de son guide :

... οἷος δὴ σὺ δέμας καὶ εἶδος ἀγητὸς (376).

Avec quel art Virgile a choisi tous les traits sous lesquels il peint Vénus déguisée en *chasseresse!*

« *Cui mater media sese tulit obvia silva,*
Virginis os habitumque gerens, et virginis arma
Spartanæ: vel qualis equos Threïssa fatigat
Harpalice, volucremque fuga prævertitur Eurum.
Namque humeris, de more, habilem suspenderat arcum
Venatrix, dederatque comam diffundere ventis,
Nuda genu, nodoque sinus collecta fluentes. »

(En. I, 314.)

On prendrait ces beaux vers pour la description de quelque statue antique de la sœur d'Apollon. Aussi le premier mouvement d'Enée est-il de douter si celle qui lui apparaît est une déesse ou une mortelle :

« *O, quam te memorem, Virgo! namque haud tibi vultus*
Mortalis, nec vox hominem sonat. O Dea, certe!
An Phœbi soror, an Nympharum sanguinis una? »

(En. I, 327.)

Mais c'est surtout au port et à la démarche que l'on reconnaît la noblesse du rang et l'élévation du caractère:

> « *Dixit, et avertens rosea cervice refulsit;*
> *Ambrosiæque comæ divinum vertice odorem*
> *Spiravere: pedes vestis defluxit ad imos,*
> *Et vera incessu patuit Dea.* »
>
> (En. I, 402.)

Même quand le poëte suppose les Dieux passionnés, il conservera à leur physionomie cette inaltérable sérénité qui doit caractériser l'âme d'un Dieu. Neptune s'aperçoit de la tempête qu'Eole vient de susciter contre le prince troyen: il est indigné,

> « *Graviter commotus, et alto*
> *Prospiciens summa placidum caput extulit unda.* »
>
> (En. I, 127.)

Le corps humain, perfectionné par l'art, est donc en poésie, comme en peinture et en sculpture, la plus digne enveloppe de l'âme divine. Mais cette âme elle-même, cette essence céleste, comment le poëte la représentera-t-il? Sera-ce dans cet état d'éternelle paix, de contemplation toujours extatique d'elle-même et de ses œuvres, qui seul convient à la majesté du souverain maître de l'univers? Mais à peine pouvons-nous concevoir un tel bonheur; il n'est rien pour nous, parce que nous ne l'avons jamais goûté, et le poëte ne doit offrir à notre esprit que des conceptions capables de nous intéresser, c'est à dire, dont les premiers élémens soient tirés de notre nature propre, de nos affections, de nos sentimens, même de nos passions. La pensée de Dieu est donc nécessairement dégradée quand elle tombe dans le domaine des arts. Mais combien, dans cette dégradation, elle peut conserver encore de grandeur et de sublimité! Ce n'est plus l'âme divine, il est vrai, dans toute la plénitude des perfections qu'elle possède au-delà de la portée de notre faible intelligence: mais c'est l'âme humaine agrandie, c'est l'apothéose de nos facultés les plus nobles, de nos passions les plus généreuses et les plus pures. C'est moins que Dieu, c'est plus que l'homme : c'est l'expression grande et solennelle des attributs de la Divinité, de sa puissance, de sa bonté, de sa sagesse, sous le modèle idéal et parfait de la puissance, de la bonté, de la sagesse humaines.

SECTION II.

Application des observations précédentes à Homère.

Pour faire mieux sentir jusqu'à quel point les considérations qui précèdent sont applicables à la théologie d'Homère, nous allons, le plus succinctement qu'il nous sera possible, examiner dans Homère même, la nature du polythéisme grec; puis, remontant aux trois sources principales de cette croyance à la fois populaire et poétique, penchant universel du cœur humain, caractère du génie grec, situation politique des peuples de la Grèce, nous montrerons en même temps d'une manière plus positive et plus évidente combien elle était propre à animer la poésie et les arts.

On a beaucoup écrit, fait des recherches bien longues et bien insuffisantes encore sur la nature des Dieux homériques. Plusieurs savans distingués, désespérant de trouver dans l'Iliade et l'Odyssée un système religieux dont toutes les parties fussent en rapport les unes avec les autres, ont pensé que ces deux ouvrages n'étaient pas sortis de la même main. Sans entrer dans aucune discussion à ce sujet, nous adopterons l'opinion qui semble comporter le moins de contradictions et de difficultés.

Homère, dans le 1er chant de l'Iliade, me semble donner en peu de vers la clef de presque toute sa théorie poétique sur la Divinité. Achille, après avoir raconté à Thétis sa mère les outrages qu'il a reçus d'Agamemnon, la prie d'en aller demander vengeance au roi des Dieux; il ajoute :

Πολλάκι γάρ σεο, κ. τ. λ. 8. (*V*. 396.)

« Souvent, dans les palais de mon père, je vous entendis vous glorifier d'avoir, seule, entre tous les Dieux, repoussé loin du fils du Saturne une ruine inévitable, lorsque tous les Immortels voulurent l'enchaîner, et Junon, et Neptune, et la belle Minerve; alors, ô Déesse, vous vîntes à lui, et le délivrâtes de ses liens, en appelant dans le vaste Olympe ce géant aux cent bras que les Dieux nomment Briarée, et les hommes Ægéon [8], géant supérieur en forces à son père. Il se plaça, éclatant de gloire, près du fils de Saturne, et les Dieux, frappés de crainte, n'osèrent point l'enchaîner. »

Cette fable est la seule de ce genre dans Homère qui ait un rapport sensible avec celle de la guerre des Titans contre les Dieux, qu'Hésiode [9] et Eschyle [10] racontent d'une manière beaucoup plus étendue : on peu donc supposer, avec vraisemblance, qu'elle est exactement la même quant au fond. Vus à une pareille

---

8 « *Et centumgeminus Briareus.* — »

En VI, 287.

« *Ægæon qualis, centum cui brachia dicunt,*
Centenasque manus. — »

En X, 567.

9 *Théogonie*, *v.* 141.

10 *Tragédie de Prométhée, pass., surtout, vers* 201 *et suiv.*

distance, deux objets si voisins et si analogues se confondent en un seul.

Or, il est généralement reconnu que cette lutte fabuleuse entre les fils de la Terre et les êtres célestes, dont le récit se retrouve, avec des modifications diverses, dans les légendes sacrées d'un grand nombre de peuples, ne signifie rien autre chose que l'état de l'univers en travail, se dégageant avec une sorte d'effort des ténèbres du chaos. Telle est, surtout, l'opinion d'Ernesti [11] et de M. Schlegel [12]. Voilà donc, dès le principe de la mythologie grecque, dans les poëtes où elle se montre sous l'aspect le plus simple, les forces de la nature physique divinisées : étendez cette explication aux forces morales de l'âme, vous aurez le sens le plus probable de toutes les allégories d'Homère. Ainsi, après bien des recherches, il faudrait en revenir à l'idée si naturelle que propose Boileau, et appliquer à l'Iliade et à l'Odyssée ce qu'il dit des fictions de la haute poésie :

« Là, pour nous enchanter, tout est mis en usage,
Tout prend un corps, une âme, un esprit, un visage.
Chaque vertu devient une divinité :
Minerve est la prudence, et Vénus la beauté;
Ce n'est plus la vapeur qui produit le tonnerre,
C'est Jupiter armé pour effrayer la terre;
Un orage terrible aux yeux des matelots,
C'est Neptune en courroux qui gourmande les flots;
Écho n'est plus un son qui dans l'air retentisse,
C'est une Nymphe en pleurs qui se plaint de Narcisse [13]. »

On a beaucoup abusé du sens de ces allégories dans Homère.

---

11 *Note sur le v.* 399, *I, de l'Iliade.*

12 *Cours de littér. dramat. T,* 1. *p.* 152.

13 Boil., *Art poët. ch.* 3.

Héraclide de Pont, philosophe platonicien, n'y voyait qu'un jeu passager de l'imagination du poëte, et non l'objet de son culte et de l'adoration de ses contemporains. Le P. le Bossu, fondé, en apparence, sur l'autorité de quelques critiques d'Alexandrie dont presque tous les ouvrages sont perdus, a poussé l'hypothèse d'Héraclide jusqu'au ridicule: Blair en a fait justice [14]. Evhémère soutint que tous les Dieux du paganisme n'étaient que des hommes déifiés, système désastreux pour les arts, et dont les succès répandirent la plus funeste influence sur la littérature de son temps [15]. Un grand nombre de commentateurs ont torturé les plus beaux passages du poëte grec pour y trouver un sens mystérieux conforme aux idées premières qu'il s'étaient créées eux-mêmes: rien de plus froid, de plus mortel pour l'enthousiasme, de plus contraire à l'esprit qui anime et vivifie les arts, que la plupart des recherches entreprises à ce sujet.

Je crois ne pouvoir mieux rendre l'impression que les fables du père de la poésie font sur un esprit non prévenu, ni réfuter plus victorieusement tant d'interprétations abusives, qu'en présentant ici le tableau de la mythologie grecque, tracé par le docte et élégant abbé Barthélemy, tableau dont les traits sont empruntés, pour la plupart, à l'Iliade et à l'Odyssée.

« Dans la Grèce, où le ciel, quelquefois troublé par des orages, étincelle presque toujours d'une lumière pure; où la diversité des aspects et des saisons offre sans cesse des contrastes frappants; où à chaque pas, à chaque instant, la nature paraît en action, parce qu'elle diffère toujours d'elle-même, l'imagi-

---

14 *Cours de rhét. et de belles-lettres, T.* 4, *p.* 81.

15 Voyez un Mémoire de l'abbé Sévin *sur la vie et les ouvrages d'Evhémère*, T. 13 de l'académie des inscriptions; et M. Ste-Croix, *Exam. crit. des historiens d'Alexandre*, art. *d'Arrien*.

nation embellissait tout, et répandait une chaleur aussi douce que féconde dans les opérations de l'esprit.

Ainsi les Grecs, sortis de leurs forêts, ne virent plus les objets sous un voile effrayant et sombre; ainsi les Égyptiens, transportés en Grèce, adoucirent peu à peu les traits sévères et fiers de leurs tableaux: les uns et les autres ne faisant plus qu'un même peuple, se formèrent un langage qui brillait d'expressions figurées; ils revêtirent leurs anciennes opinions de couleurs qui en altéraient la simplicité, mais qui les rendaient plus séduisantes, et comme les êtres qui avaient du mouvement leur parurent pleins de vie, et qu'ils rapportaient à autant de causes particulières les phénomènes dont ils ne connaissaient pas la liaison, l'univers fut à leurs yeux une superbe décoration, dont les ressorts se mouvaient au gré d'un nombre infini d'agents invisibles.

Alors se forma cette philosophie, ou plutôt cette religion qui subsiste encore parmi le peuple; mélange confus de vérités et de mensonges, de traditions respectables et de fictions riantes: système qui flatte les sens et révolte l'esprit; qui respire le plaisir en préconisant la vertu, et dont il faut tracer une légère esquisse, parce qu'il porte l'empreinte du siècle qui l'a vu naître.

Quelle puissance a tiré l'univers du chaos? L'être infini, la lumière pure, la source de la vie[16]: donnons-lui le plus beau de ses titres, c'est l'amour même, cet amour dont la présence rétablit partout l'harmonie[17], et à qui les hommes et les Dieux rapportent leur origine[18].

Ces êtres intelligents se disputèrent l'empire du monde; mais, terrassés dans ces combats terribles, les hommes furent pour toujours soumis à leurs vainqueurs.

---

16 *Orph. ap. Bruck. hist. phil. T.* 1. *p.* 390.
17 *Hesiod. théogon. v.* 120.
18 *Aristoph. in Av. v.* 700.

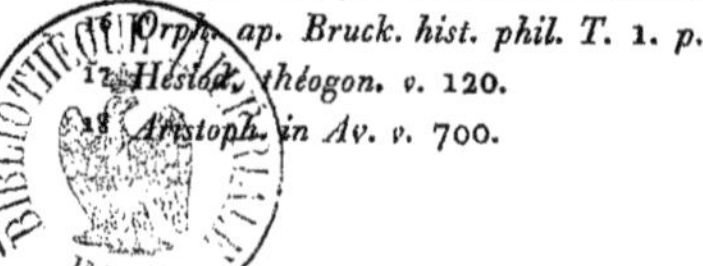

La race des Immortels s'est multipliée, ainsi que celle des hommes. Saturne, issu du commerce du Ciel et de la Terre, eut trois fils qui se sont partagé le domaine de l'univers: Jupiter règne dans le ciel, Neptune sur la mer, Pluton dans les enfers, et tous trois sur la terre[19]: tous trois sont environnés d'une foule de divinités chargées d'exécuter leurs ordres.

Jupiter est le plus puissant des Dieux, car il lance la foudre: sa cour est la plus brillante de toutes; c'est le séjour de la lumière éternelle, et ce doit être celui du bonheur, puisque tous les biens de la terre viennent du ciel.

On implore les divinités des mers et des enfers, en certains lieux et en certaines circonstances; les Dieux célestes partout et dans tous les momens de la vie. Ils surpassent les autres en pouvoir, puisqu'ils sont au-dessus de nos têtes; tandis que les autres sont à nos côtés, ou sous nos pieds.

Les Dieux distribuent aux hommes la vie, la santé, les richesses, la sagesse et la valeur [20]. Nous les accusons d'être les auteurs de nos maux [21]; ils nous reprochent d'être malheureux par notre faute [22]. Pluton est odieux aux mortels [23], parce qu'il est inflexible. Les autres Dieux se laissent toucher par nos prières, et surtout par nos sacrifices, dont l'odeur est pour eux un parfum délicieux [24].

S'ils ont des sens comme nous, ils doivent avoir les mêmes passions. La beauté fait sur leur cœur l'impression qu'elle fait sur le nôtre. On les a vus souvent chercher sur la terre des plaisirs

---

19 Homère, *Il. l. XV*, 193.

20 *Il. II*, 197; *VII*, 288; *XIII*, 730.

21 *Il. III*, 164; *VI*, 349.

22 *Odyss. I*, 33.

23 *Iliad. IX*, 158.

24 *Il. IV*, 48; *XXIV*, 425.

devenus plus vifs par l'oubli de la grandeur et l'ombre du mystère [25].

Les Grecs, par ce bizarre assortiment d'idées, n'avaient pas voulu dégrader la Divinité. Accoutumés à juger d'après eux-mêmes de tous les êtres vivans, ils prêtaient leurs faiblesses aux Dieux et leurs sentimens aux animaux [26], sans prétendre abaisser les premiers, ni élever les seconds.

Quand ils voulurent se former une idée du bonheur du ciel, et des soins qu'on y prenait du gouvernement de l'univers, ils jetèrent leurs regards autour d'eux, et dirent:

Sur la terre un peuple est heureux lorsqu'il passe ses jours dans les fêtes; un souverain, lorsqu'il rassemble à sa table les princes et les princesses qui règnent dans les contrées voisines; lorsque de jeunes esclaves, parfumées d'essences, y versent le vin à pleines coupes, et que des chantres habiles y marient leur voix au son de la lyre [27]: ainsi, dans les repas fréquens qui réunissent les habitans du ciel, la jeunesse et la beauté, sous les traits d'Hébé, distribuent le nectar et l'ambroisie [28]; les chants d'Apollon et des Muses font retentir les voûtes de l'Olympe [29], et la joie brille dans tous les yeux.

Quelquefois Jupiter assemble les Immortels auprès de son trône: il agite avec eux les intérêts de la terre, de la même manière qu'un souverain discute, avec les grands de son royaume, les intérêts de ses états. Les Dieux proposent des avis différens;

---

[25] *Il. passim.*

[26] Voyez les chevaux divins et héroïques, dont il est parlé dans un grand nombre de passages de l'Iliade, etc.

[27] Hom. *Odyss. I*, 152; *IX*, 5.

[28] Voyez l'*Excursus* de M. Heyne sur le Nectar et l'Ambroisie.

[29] Voyez M. Heyne, *sur l'Olympe.*

et, pendant qu'ils les soutiennent avec chaleur, Jupiter prononce, et tout rentre dans le silence.

Les Dieux, revêtus de son autorité, impriment le mouvement à l'univers, et sont les auteurs des phénomènes qui nous étonnent [30]. »

Barthélemy, dans cet exposé de la doctrine religieuse des Grecs et des fictions de leurs premiers poëtes, ne fait aucune mention de l'idée du Destin, qui en était comme le fond et la base. J'essaierai de montrer, dans la section suivante, qu'on trouve des traces fréquentes de cette opinion populaire dans l'Iliade et l'Odyssée; et, si nous comprenons bien le sens que les Grecs attachaient au mot de fatalité (αἶσα, μοῖρα, κ. τ. λ.), au moins dans la théorie des arts, nous verrons qu'il suffit pour justifier Homère du grave reproche d'impiété qu'on lui a si souvent adressé.

Toute la culture morale et intellectuelle des Grecs, avant le siècle de Platon, semblait se réduire à leur mythologie, dont les élémens les plus purs et les plus simples paraissent être dans Homère [31]. En lisant ce poëte, on est confirmé dans l'opinion qu'il est impossible d'assigner à cette culture un caractère plus élevé que celui d'une sensualité épurée et ennoblie. Doués d'organes délicats et d'un âme sereine, convaincus que l'admiration pour le beau se rapporte toujours à la Divinité, les Grecs sentirent plus vivement que tout autre peuple la nécessité de rattacher la religion à tout ce qui doit occuper une belle vie, affections dévouées, plaisirs de l'imagination, besoins du cœur. Il résulte souvent de là que les Dieux de leurs poëtes ne sont

---

30 *Introd. au Voy. d'An. Ire Partie.*

31 Homère ne fait nulle part mention d'un aussi grand nombre de Divinités qu'Hésiode, qui va jusqu'à en compter trente mille, *Oper. et Dies*, 250.

guère que des hommes d'une nature un peu plus distinguée: observation que nous appliquons à Homère une fois pour toutes, et dont le développement et les exceptions peuvent trouver place dans l'examen des caractères des principales divinités de ses poëmes.

Il est digne de remarque qu'Homère, en plusieurs endroits, fait mention d'une langue particulière, dont l'usage n'appartiendrait qu'aux seuls Immortels: c'est ainsi qu'il désigne tour à tour Aegéon[32], et la colline qui s'étend dans la plaine d'Ilion[33], et d'autres objets encore, par leurs noms divins et humains. Ainsi, chaque fois que le poëte fait converser ses Dieux dans l'Olympe, il était peut-être censé, pour ses contemporains, traduire leur céleste langage en idiôme vulgaire et terrestre. Cette circonstance, en présentant le poëte comme l'interprête de la divinité, devait ajouter beaucoup à la vénération qu'il inspirait. Quel étonnant génie que celui de ce peuple qui avait pu supposer une langue encore plus belle, plus riche et plus poétique que la sienne!

Junon dit à Jupiter au chant XVIe de l'Iliade:

> Πολλοὶ γὰρ περὶ ἄστυ μέγα Πριάμοιο μάχονται
> Υἱέες ἀθανάτων. (v. 448.)

« Plusieurs des Immortels ont aussi de nombreux enfans qui combattent autour de la vaste citadelle de Priam. »

Cette croyance d'un commerce perpétuel entre le ciel et la terre, admise dans la religion des Grecs, est la source de tous ces incidens merveilleux qu'Homère a semés avec profusion dans

---

32 *Iliade, I,* 403.

33 *Il. XIV, XX, et passim.*

ses ouvrages, et qui devaient ravir d'enthousiasme ses auditeurs. Mars, après avoir perdu son fils dans les combats, exprime sa douleur de la manière la plus pathétique aux habitans de l'Olympe, et veut, malgré la redoutable défense de Jupiter, descendre sur la terre, et venger dans le sang des Grecs la mort d'Ascalaphe [34]. Leucothée, fille de Cadmus, devenue immortelle, sort du sein des eaux, et vient sauver le malheureux Ulysse, prêt à périr avec son vaisseau [35]. Quelle tendresse et quelle majesté dans les détails qui précèdent la mort de Sarpédon! Junon cherche à dissuader Jupiter d'arracher son fils au sort qui le menace:

Ἀλλ' εἴ τοι φίλος ἐστὶ, κ. τ. λ. (Il., XVI, 450.)

« Quoique Sarpédon te soit cher, quoique ton cœur gémisse, permets qu'en cette guerre funeste il soit vaincu par le bras de Patrocle. Mais, dès que son âme et sa vie l'auront abandonné, ordonne à la Mort et au doux Sommeil de le transporter parmi les peuples de la vaste Lycie. Là, ses frères, ses amis, célébreront ses funérailles, et éleveront une colonne sur son tombeau, derniers honneurs rendus aux morts. »

Ὢς ἔφατ' · οὐδ' ἀπίθησε πατὴρ ἀνδρῶν τε θεῶντε.
Αἱματοέσσας γὲ ψιάδας κατέχευεν ἔραζε,
Παῖδα φίλον τιμῶν, τόν οἱ Πάτροκλος ἔμελλε
Φθίσειν ἐν Τροίῃ ἐριβώλακι, τηλόθι πάτρης.

(Il., XVI, 458.)

« Ainsi parle Junon: le père des Dieux et des hommes ne rejette point ses conseils. Aussitôt il répand sur la terre une rosée

---

34 *Il., XV*, 115.
35 *Odyssée, VI.*

sanglante pour honorer son fils, que Patrocle doit immoler dans les plaines d'Ilion, et loin des champs de la patrie. »

Il arrive souvent à Homère de ne pas cacher ses divinités lorsqu'elles descendent auprès des mortels, soit comme amies, soit comme adversaires; dans les combats surtout, elles sont facilement reconnues des deux partis[36], et l'illusion y perd beaucoup. Toutefois, ceux qui en ont fait un reproche au poëte ont peut-être eu tort. Tout porte à croire que cette intervention fréquente et manifeste des puissances du ciel était un article de foi pour ses contemporains. D'ailleurs, dans d'autres circonstances, Homère emploie ce ressort d'une manière beaucoup plus délicate: l'influence divine se fait sentir, mais le Dieu reste caché[37]. Virgile, sage imitateur d'Homère, devait user plus sobrement du merveilleux chez un peuple qui n'en fut jamais enthousiaste, et dans un siècle qui commençait à s'en détacher. Les acteurs de son poëme ne voient les Dieux à découvert que dans un très petit nombre de circonstances très importantes. Telle est l'apparition de Vénus à Énée,

« *confessa Deam, qualisque videri*
Cœlicolis et quanta solet. »

au moment terrible où Ilion succombe sous les coups des Dieux et des Grecs. Quand le voile qui couvrait les yeux du prince troyen est tombé,

« *Apparent diræ facies, inimicaque Trojæ*
Numina magna Deûm. »

(En., II, 591 et 522.)

---

36 Cela est surtout sensible lorsque Neptune déguisé marche à la tête des Grecs, et Apollon à la tête des Troyens, etc.

37 *Il. I*, 55 ; *V*, 1; *X*, 295, *etc.*

Barthélemy rapporte à la douce influence du climat le caractère aussi grâcieux que varié de la mythologie homérique: on pourrait peut-être lui assigner encore d'autres causes générales et particulières. Et d'abord, le goût du polythéisme est un des penchans les plus universels du cœur humain: Moïse eut à surmonter des obstacles sans nombre pour empêcher le peuple hébreux de s'y laisser séduire; les sauvages de certaines contrées voient, encore aujourd'hui, des Dieux jusque dans des cailloux. Mais, ce qu'il n'est pas moins important de remarquer, c'est que le polythéisme, chez les Grecs, dut naître aussi de leur situation politique. Divisés en un grand nombre de petits états indépendans, ils avaient, pour ainsi dire, réparti entre eux la protection de la Divinité, envisagée pour chaque peuplade, souvent même pour chaque ville, sous un point de vue particulier. Jupiter règnait sur tous: mais sa sagesse dans le gouvernement des états, les arts et la guerre, sous le nom de Pallas, veillait plus spécialement sur l'Attique; Junon, c'est-à-dire la majesté royale, avait son trône et sa cour dans Argos, patrie des plus puissans rois de la Grèce; Hercule, emblême de la force morale et physique, était honoré à Lacédémone d'un culte plus solennel. De là, toutes ces contrées et toutes ces villes regardées comme saintes et sacrées dans Homère [38]; de là encore Apollon, Mars et Vénus, embrassant la cause des Troyens; Junon, Mercure, Jupiter, Pallas, rangés du côté des Grecs. Généralement les peuples de l'antiquité, soit ignorance, soit vanité nationale, soit plu-

---

38 Ilion, Argos, Pylos, Thèbes etc. C'est aussi dans ce sens que Racine fait dire à Andromaque:

> Non, vous n'espérez plus de nous revoir encor,
> Sacrés murs que n'a pu défendre mon Hector!

tôt artifice adroit de la politique de leurs fondateurs, prêtaient aux objets de leur adoration leur enthousiasme pour la patrie, et leur haine pour les institutions étrangères. Le Spartiate invoquait dans les combats deux demi-dieux nés, comme lui, sur les bords de l'Eurotas, et croyait voir la fille austère de Latone lutter contre la Minerve du Céphise. Le Jupiter du Capitole et la Junon de l'Afrique n'étaient plus les maîtres de l'univers; c'étaient des républicains et des patriotes pour le moins aussi exclusifs, aussi acharnés l'un contre l'autre que les Romains et les Carthaginois. Quelles ressources un pareil système politique et religieux offrait à la poésie et aux arts!

SECTION III.

Examen du reproche d'impiété, fait à Homère.

Homère, qui nous a laissé de la majesté divine des idées si nobles et si belles que plusieurs savants, Grotius entre autres, n'ont pas hésité de le comparer aux plus sublimes écrivains de l'Ancien Testament, rabaisse souvent ses Dieux au-dessous de la dignité qui leur convient, au-dessous même du grand caractère de l'humanité. Nous n'aimons pas à voir Minerve ramasser le fouet que Diomède laisse tomber dans une course de chars [39], ni Calypso faisant la fonction d'aide-manœuvre auprès d'Ulysse tandis qu'il construit son vaisseau [40], ni Junon arracher à Diane son carquois, et en frapper les joues de sa tremblante ennemie [41];

---

[39] *Iliade, XXIV.*
[40] *Odyssée, VI.*
[41] *Il. XXI.*

la singulière entremise de Vénus auprès d'Hélène et de Pâris[42] nous choque bien plus encore. Les détails de ce genre ne sont pas rares dans l'Iliade et l'Odyssée; ils offensent notre goût, et révoltent notre raison: produisaient-ils le même effet, je ne dis pas sur les anciens, ni sur les Grecs, mais sur les contemporains d'Homère (car tout doit se réduire à cette question)? Je ne le crois pas. Rappelons-nous combien sont absurdes, encore aujourd'hui, les traditions religieuses d'un grand nombre de peuples idolâtres. Les Indiens des environs du Gange s'imaginent que leur Dieu Brama perdit ses pieds et ses mains en voulant porter le monde pour le sauver: si quelqu'un de leurs poëtes faisait mention de cette fable ridicule dans un ouvrage consacré à célébrer la gloire de leur nation, ses compatriotes s'aviseraient-ils de le trouver mauvais?

Des philosophes et des critiques distingués ont reproché à Homère d'avoir peint ses Dieux passionnés, et donné aux caractères de quelques-uns des traits vicieux, comme la colère à Junon, à Mars la cruauté, etc. Mais, outre que l'observation précédente peut encore s'appliquer ici, n'oublions pas ce qui a été dit plus haut sur la nécessité où le poëte est souvent réduit de supposer à la conduite de la divinité les mêmes moteurs qui dirigent les actions des hommes. Enfin, l'exemple de l'Ecriture-Sainte contribue puissamment à justifier Homère: n'est-il pas souvent question dans l'Ancien Testament des trésors de la vengeance de Dieu, et de la coupe de sa colère? Quand Moïse veut nous apprendre la cause du déluge, il rapporte que le Seigneur, à la vue des iniquités dont la terre était couverte, se repentit d'avoir fait l'homme[43]. „ La fureur du Très-Haut

---

42 *Il. III.*

43 *Genèse, c. VI.*

s'allumera contre vous, dit-il au peuple hébreu dans une autre circonstance, et vous exterminera dans peu de temps[44]. » Moïse, éclairé d'en haut, n'ignorait pas à quoi devaient se réduire ces images hardies; le bon Homère croyait à la vérité des siennes, et ne trouvait rien de plus simple que de faire agir les Dieux à peu près comme les hommes: mais tous deux parlaient à des peuples ignorants et grossiers, non à des théologiens.

Héraclide de Pont avait imaginé de recourir à l'allégorie pour justifier les Dieux d'Homère: cette idée n'est pas heureuse. Il y a beaucoup d'allégories dans l'Iliade et l'Odyssée, on n'en saurait douter. L'allégorie fut partout la première philosophie et la première religion: c'était particulièrement l'esprit des Orientaux, et la science des Egyptiens. Homère avait long-temps voyagé chez eux; et, soit qu'il fût né dans la Grèce même, ou dans une des colonies grecques qui couvraient les côtes de l'Ionie, il dut être imbu, dès son enfance, des notions les plus familières aux peuples de ces contrées. Mais la plupart des faits surnaturels dont il a rempli ses deux poëmes ne peuvent être regardés comme des allégories, témoin les explications forcées qu'Héraclide est obligé de leur donner pour les faire cadrer avec son système.

Jupiter use quelquefois de supercherie envers les Grecs ou les Troyens. Au commencement du second livre de l'Iliade, Homère représente ce Dieu agitant en son sein comment il pourra réparer l'honneur offensé d'Achille, et renverser, près de leurs navires, les bataillons des Grecs, projet déjà injuste en lui-même, puisqu'il est question de punir la faute d'un roi, et non des peuples innocents qui la blâmaient[45]. Le moyen

44 *Deutéronome, c. VII.*

45 *Il. XIX.*

qui, dans la pensée du Dieu, lui semble préférable, est d'envoyer au fils d'Atrée un songe trompeur (οὖλον Ὄνειρον). Il l'appelle et lui adresse ces paroles :

Βάσκ' ἴθι, οὖλε Ὄνειρε, κ. τ. λ. (v. 8.)

« Va, Songe trompeur, vers la flotte des Grecs ; pénètre dans la tente d'Agamemnon, et rapporte-lui fidèlement les ordres que je te confie. Dis-lui d'armer à l'instant tous les Grecs ; dis-lui qu'aujourd'hui même il s'emparera de la ville de Troie ; que les immortels habitans de l'Olympe ne sont plus d'avis différens ; que Junon suppliante les a tous séduits, et qu'enfin les Troyens sont menacés de grands maux. »

Le Songe part, s'acquitte de son message, et laisse Agamemnon l'âme remplie de ces promesses qui ne doivent point s'accomplir. Certes, une pareille conduite est bien indigne du père des Dieux et des hommes. Mais, encore une fois, Homère n'a peint les Divinités que comme les Grecs de son temps se les figuraient. Leur volonté n'est pas immuable, leur manière d'agir n'est pas exempte de caprices [46] : le poëte ne se serait peut-être pas fait scrupule, au besoin, de les faire changer d'intérêts et de partis au gré des passions qu'il leur suppose. Une autre puissance, inflexible, inébranlable dans ses résolutions, dominait également la conduite et le sort des Dieux et des hommes.

Cette puissance, c'est le Destin. L'idée d'un premier moteur tout-puissant et universel, qui a déterminé d'avance tous les faits du monde moral et intellectuel, me semble bien établie dans une foule de passages, principalement au chant 19ᵉ de l'Iliade. Au moment où le magnanime Achille vient de déclarer qu'il a

---

46 Cela est surtout sensible dans la conduite de Minerve, d'Apollon, de Neptune, de Mars, etc.

enfin déposé sa colère, Agamemnon, dans le conseil des rois, rejette sa faute sur le Destin (μοῖρα), et sur Erynnis toujours errante parmi les ténèbres. Ces deux Divinités terribles remplirent son âme d'une aveugle fureur le jour où il enleva la récompense d'Achille; il ajoute:

Ἀλλὰ τί κεν ῥέξαιμι; κ. τ. λ. (v. 90.)

« Mais que pouvais-je alors? Une divinité a tout conduit, la terrible fille de Jupiter, Até, déesse funeste qui trouble tous les cœurs; ses pieds sont légers, jamais ils ne touchent le sol; elle marche sur la tête des hommes pour hâter leur ruine. Ah! je ne suis pas le seul qu'elle ait opprimé; jadis elle offensa Jupiter, si fort au-dessus des humains et des Immortels. »

Au quatrième chant, le Destin homicide enchaîne un guerrier et le livre aux coups de son ennemi [47]; ailleurs, ce Dieu inexorable ferme les yeux d'Hypsénor, prêtre du Scamandre; c'est encore le même agent invisible qui avait conduit Amphius au secours de Priam, pour trouver la mort sous les murs d'Ilion [48], qui ne permit pas à Ulysse d'immoler Tlépolême, issu de Jupiter [49], etc. Toutefois, il ne faut pas prendre le change sur la véritable idée que les Grecs s'étaient faite de la Fatalité. Appliquée à la morale comme à la théorie des arts, cette idée n'excluait en rien la liberté de l'homme. Ecoutons M. Schlegel. « Il avait été accordé aux Grecs de réunir d'idéal et le réel, ou (en laissant de côté les dénominations scolastiques), d'associer une grandeur surnaturelle à toute la vérité de la nature. Loin de s'égarer

---

47 *Il. IV*, 517.

48 *Il. V*, 613.

49 *Il. V*, 674. Voyez encore, *Odyss. VIII*, 511.

dans des imitations indécises et vacillantes, ils plaçaient la statue de l'homme sur la base éternelle et inébranlable de la liberté morale. Semblable à son modèle, et composée d'élémens terrestres ainsi que lui, elle était raffermie par son propre poids, et sa masse imposante et majestueuse ajoutait à sa solidité.....

La libre volonté de l'âme, attestée par un sentiment invincible, est la gloire de l'homme et sa seule propriété. Plus les anciens lui attribuaient d'énergie, plus la puissance terrible contre laquelle elle vient si souvent se briser, prenait à leurs yeux de grandeur. Tant que l'événement était indécis, tant que l'homme luttait encore, il croyait n'être aux prises qu'avec la force extérieure et matérielle; force accidentelle, variable, sur laquelle son courage a remporté bien des victoires; et ce n'était qu'après avoir succombé qu'il reconnaissait dans son ennemi l'irrésistible Destinée. Ce n'est point, en effet, le présent, dont l'homme croit toujours disposer, ce sont les événemens écoulés, cette chaîne indestructible que la volonté humaine a si peu formée, c'est le passé irrévocable, transporté par l'imagination dans l'avenir, qui a donné l'idée du Destin. Les anciens voyaient le Destin comme une Divinité sombre et implacable, habitant une sphère inaccessible et bien au-dessus de celle des Dieux; car les Dieux du paganisme, simples représentans des forces de la nature, quoiqu'infiniment supérieurs à l'homme, étaient placés sur le même niveau que lui vis-à-vis de cette puissance suprême [50]. »

Ce serait peut-être ici le lieu de parler de cette scène de l'Olympe, placée à la fin du 1er chant de l'Iliade, où nous voyons Vulcain amuser si plaisamment la cour céleste par une espèce de bonhomie mêlée de gaucherie et de finesse. Mais, comme les observations sur ce sujet se rattachent d'avantage à la nature

---

50 *Cours de littérat. dramat.* T. 1.

de l'Epopée, telle qu'on la concevait au temps d'Homère, admettant tous les tons, depuis le familier jusqu'au sublime, je passe rapidement à la comparaison de la doctrine religieuse du plus grand des poëtes et du premier philosophe de l'antiquité.

L'abbé Massieu, dans un savant mémoire où il montre combien Homère et Platon se ressemblent pour le fond des idées en religion, en politique et en morale, s'exprime ainsi :

« Il semble que la vérité perce quelquefois à travers les nuages dont Homère la couvre. Parmi cette foule de Divinités fabuleuses qu'il fait servir à l'embellissement de ses poëmes, on est presque tenté de croire que le Dieu véritable ne lui était pas absolument inconnu. En plusieurs endroits de ses ouvrages, il emploie le nom qui le désigne. « Sachez, dit Agamemnon à Achille, que si vous avez la valeur en partage, vous ne devez pas vous en glorifier : c'est de Dieu que vous la tenez. » « Non, mon fils, dit Phénix au même héros, je ne pourrais me résoudre à vous quitter, quand Dieu même me promettrait qu'à ce prix je serais délivré de la vieillesse importune qui m'accable, et que je retournerais à ma première jeunesse. » « Allons, dit Polydamas aux Troyens, allons attaquer les Grecs jusque sur leurs vaisseaux, et voyons si ce n'est point là que Dieu nous prépare la victoire. » Si ce grand poëte s'était toujours exprimé de la sorte, on ne l'aurait pas accusé d'avoir rempli ses écrits de divinités ridicules et monstrueuses.

Que fit Platon, qui se mit à la lecture d'Homère avec toutes les dispositions les plus heureuses d'un esprit solide et d'un discernement droit? Il sépara le bon d'avec le mauvais, et la vérité d'avec le mensonge. Il épura toutes ces idées et toutes ces expressions qui défiguraient la Divinité, et les réduisit à une précision philosophique. Heureux s'il avait su toujours éviter les écueils où son maître était tombé! Mais, il faut en convenir de bonne foi, les écrits de Platon, même sur ce qui regarde le souverain Être, ont souvent besoin d'indulgence, aussi bien que ceux d'Homère. Les connaissances les plus sublimes de ce philosophe sont mêlées d'un grand nombre d'erreurs. Si, en quelques endroits, il parle de Dieu comme pourrait faire un homme éclairé des plus pures lumières de l'Évangile, on est tout étonné de voir qu'il en revient continuellement au langage du paganisme.....

Il est certain que, dans les écrits du philosophe et du poëte, l'on trouve l'idée d'un Être souverain infiniment élevé au-dessus de tous les autres. Ils reconnaissent des substances qui tiennent comme le milieu entre ce premier Être et les hommes, et qu'ils appellent indifféremment du nom de Dieux, de Démons ou de Génies. Ils enseignent que ces intelligences sont soumises au souverain Être, qui s'en sert comme d'autant de ministres pour porter ses ordres, et pour exécuter ses desseins...; qu'à son gré, et avec un pouvoir absolu, il envoie l'esprit de prudence et l'esprit de vertige, les succès et les revers, les victoires et les défaites; que l'homme, dans une dépendance continuelle de ces puissances, qui sont au-dessus de lui, doit les invoquer par des prières, et les honorer par des sacrifices. Ils tâchent l'un et l'autre de réveiller la piété par la pensée d'un autre monde qu'ils proposent. Ils nous apprennent que les âmes sont distinguées des corps; que, lorsqu'elles en sont séparées, elles subsistent par elles-mêmes; qu'après la mort des récompenses ou des punitions les attendent, selon le bon ou le mauvais usage qu'elles auront fait de leur vie; qu'en de certaines occasions, et pour des raisons particulières, elles viennent quelquefois, dans des apparitions, se montrer aux vivans dont les intérêts les touchent encore, ou dont elles attendent quelque secours: doctrine que Platon, si nous en croyons les plus grands critiques, a moins puisée dans les écrits des Égyptiens que dans le 23e livre de l'Iliade, où l'âme de Patrocle apparaît à Achille, et le prie de lui faire donner au plus tôt les honneurs de la sépulture. C'est ainsi qu'ils conviennent presque en tout ce qui regarde les devoirs de l'homme à l'égard des Dieux [51]. »

Enfin, si nous avions besoin d'autres preuves pour montrer que le cœur et le génie d'Homère étaient éminemment religieux, nous renverrions à ces prières publiques, à ces saintes cérémonies qu'il décrit presque à chaque page [52], à ce précepte fréquent de ne pas lutter contre la puissance divine, si l'on tient à la vie [53], à ces paroles pieuses que le poëte met dans la bouche de la naïve Nausicaa pour consoler Ulysse [54], surtout à cette touchante allégorie des prières, par laquelle le vieux Phénix tâche de fléchir l'âme d'Achille :

Ἀλλ', Ἀχιλεῦ, δάμασον θυμὸν μέγαν· κ. τ. λ. (Il. IX, 496.)

« Achille, dompte ta grande âme ; tu ne dois pas garder un cœur impitoyable ; les Dieux mêmes se laissent fléchir, eux qui l'emportent sur nous en vertu, en gloire, en puissance. Lorsqu'un coupable les a offensés, l'homme suppliant détourne leur colère par des sacrifices, des vœux pacifiques, des libations, et la fumée de l'encens. Les Prières sont filles de Jupiter ; boiteuses, le front ridé, levant à peine un humble regard, elles se hâtent avec inquiétude sur les pas de l'Injure : mais l'Injure est vigoureuse, ses pieds sont légers ; elle parcourt toute la terre en outrageant les hommes, et devance les Prières timides, qui

---

51 Tome 2e des *Mémoires de l'Académie des Inscriptions*.

52 *Il., ch. II, XIX.* etc.

53 *Il. V, etc.*

54 *Odyssée, ch. VII*, etc.

viennent après guérir les maux qu'elle a produits. Les filles de Jupiter s'approchent de celui qui les honore, elles lui prêtent leur secours, et comblent ses vœux. Mais si un homme, sourd à leur voix, les repousse d'un cœur inflexible, elles montent vers le fils de Saturne, qu'elles implorent pour que l'Injure s'attache aux pas de cet homme, et les venge avec rigueur. »

SECTION IV.

De l'intervention des Dieux dans l'Iliade et l'Odyssée, comme moteurs de l'action.

Homère a employé diversement le ministère des Dieux dans ses poëmes; tantôt leur action est liée à l'action épique elle-même, en devient partie nécessaire et inséparable; tantôt elle en sort et s'en détache; souvent aussi l'intervention divine est un pur ornement conforme au tour d'esprit et au langage allégorique des premiers hommes. Apollon faisant tomber les Grecs sous ses flèches, Thétis implorant Jupiter, Junon trompant ce Dieu sur le mont Ida, Minerve engageant Pandarus à rompre le traité, les Grecs et les Troyens tour à tour vainqueurs et vaincus par l'influence des Dieux, sont autant de détails qui rentrent dans l'action de l'Iliade, et en font partie. Que le corps de Sarpédon soit transporté par le Sommeil et la Mort chez les peuples de la Lycie; que Vulcain forge les armes destinées à Achille; qu'Apollon, par l'ordre de Jupiter, vienne ranimer Hector et guérir sa blessure, le lecteur sent combien ces incidens sont étrangers à l'essence même de l'action, et peuvent s'en détacher sans qu'elle cesse d'être une et entière. Cette seconde espèce d'intervention des Dieux a été, pour le poëte, la source d'une foule d'épisodes plus ou moins considérables, comme celui de Neptune devant un jour renverser les fortifications des Grecs, et le combat des Dieux, aux liv. 20 et 21. Nous rapporterons enfin à la manière antique de narrer les grands événemens, qui tend à les transformer en prodiges, cet intérêt si vif que les divinités montrent pour chaque parti; ces exhortations par lesquelles elles animent le courage des guerriers; cette part qu'elles prennent à l'action, en se mettant elles-mêmes à la tête des troupes; ces blessures qu'elles reçoivent; enfin ce soin constant de garantir un héros de la mort en l'enveloppant d'un nuage, ou en le transportant hors du champ de bataille. Ainsi, quand un Songe est envoyé vers Agamemnon; quand Minerve, descendue de l'Olympe, engage Ulysse à détourner les Grecs de leur projet de départ, ou modère le courroux d'Achille; quand cette même Déesse, ou Neptune, ou Mars, parcourt tous les rangs de l'armée, etc, etc., je conçois que l'allégorie attribue aux Immortels tous ces incidens particuliers, nés du cours ordinaire et accoutumé des choses.

C'est donc avec plusieurs intentions, et de plusieurs manières différentes, qu'Homère a fait intervenir les Dieux dans ses poëmes, Parmi tant de fables absurdes ou ingénieuses, que ne pouvons-nous distinguer celles qui lui appartiennent en propre de celles qui étaient déjà reçues avant lui! « Si l'idée des trois Grâces, qui doivent toujours accompagner la Déesse de la beauté, si la ceinture de Vénus sont de son invention, dit Voltaire, quelles louanges ne lui doit-on pas pour avoir ainsi orné cette religion que nous lui reprochons[55]? » Il est très-probable qu'Homère trouva établie parmi les Grecs la croyance de l'intervention d'un grand nombre de génies supérieurs dans les choses humaines: il paraît même qu'il puisa dans les ouvrages de quelques poëtes qui l'avaient précédé l'idée du partage des divinités entre la

---

55 *Essai sur la poésie épique*, ch. II.

Grèce et l'Asie. Dans cette hypothèse, il ne nous serait pas permis d'assurer si Homère a fait de ces inventions un usage plus heureux que ses devanciers. A cette question se rattache celle de savoir quels sont, parmi les événemens du siége de Troie, ceux que la tradition historique avait transmis à notre poëte, ceux qu'il a inventés, ceux, enfin, qu'il s'est contenté d'embellir et d'orner. Mais, comme les sources où il a pu puiser sont entièrement taries pour nous, transportons nos recherches dans ses ouvrages mêmes.

L'Iliade semble nous présenter des vestiges d'une tradition historique, non-seulement dans l'ensemble des faits, ce qui est évident, mais encore dans plusieurs événemens particuliers. Peut-être Homère et ses contemporains avaient-ils ouï dire qu'une peste s'était répandue dans le camp des Grecs, que la division avait régné parmi les princes, qu'Achille s'était retiré quelque temps dans sa tente, qu'une trève avait été rompue, etc. Dans quelques détails de ce genre, il n'y aurait du poëte que le caractère de la narration et l'intervention divine. Peut-être l'un et l'autre était-il fait et comme disposé d'avance: peut-être croyait-on qu'Apollon avait envoyé la peste pour punir les Grecs d'avoir négligé quelques cérémonies saintes, qu'un prince allié des Troyens avait violé le traité en lançant une flèche contre un des rois confédérés, etc. Il semble qu'on ait pu savoir encore que Junon et Minerve protégeaient les Grecs, Mars et Apollon les Troyens. Au moyen de toutes ces présomptions, plus ou moins fondées, plus ou moins importantes, on pourrait peut-être deviner juste, mais on ne parviendra jamais à rien décider. Nestor, dans un discours du livre XI, 713, de l'Iliade, dit qu'à une bataille contre les Éléens, où il se fit distinguer dès sa jeunesse, Minerve était venue annoncer aux Pyliens l'approche de l'ennemi: on pourrait en conclure que l'introduction du merveilleux dans les événemens importans était en usage assez longtemps avant l'époque du siége de Troie.

L'opinion publique ayant déjà assigné à chaque divinité le parti qu'elle avait du défendre dans cette fameuse guerre, il fut sans doute facile au poëte de partager entre tous les esprits surnaturels la masse de l'action.

Il y a encore une circonstance bien remarquable dans la manière habituelle dont Homère fait agir ses divinités. Quand il en met une en scène, il cesse tout-à-coup de nous en parler et de nous en occuper dès que le motif qui l'avait introduite n'existe plus, quoiqu'elle soit toujours censée prendre part à l'action. Neptune s'étant avancé dans la mêlée, rend le courage au roi de Crète (liv. XIII), et ne reparaît plus. De même, Apollon (liv. XV). Au liv. IVe, dès que Pandarus a lancé sa flèche, le lecteur ne voit plus Minerve, qui vient de l'engager à ranimer ainsi la guerre. Les exemples de ce genre sont plus rares dans l'Odyssée. C'est, sans doute, l'extrême variété de ses tableaux qui a obligé le poëte d'en user de la sorte; car il a fait de même à l'égard de ses héros. Nous voyons successivement paraître, dans la suite de l'Iliade, Ajax, Diomède, Idoménée, Agamemnon, Ménélas, avec les différens degrés de bravoure et tous les traits qui les caractérisent. Homère paraît avoir bien senti qu'en poésie l'esprit ne peut être vivement frappé que par des objets individuels et détachés de la masse.

Résumons. Ceux qui lisent Homère devraient, autant qu'il est en eux, se dépouiller de toutes les opinions de la vie moderne, et revêtir, en quelque sorte, la façon de penser, les goûts et les croyances des peuples simples et enthousiastes auxquels il chantait la gloire et les merveilles de leurs grands hommes et de leurs Dieux. Comme ici le vif sentiment des arts s'alliait admirablement à la religion! Jupiter, Apollon, Minerve, peints par le poëte, ou réalisés sous le ciseau de l'artiste, étaient en même temps l'objet de la vénération et du culte des peuples. Certes, une harmonie aussi heureuse dans la satisfaction de tous les goûts les plus nobles du cœur humain n'avait pas seulement divinisé les forces de la nature, elle était encore l'apothéose des arts.

SECTION V.

Merveilleux des poëmes d'Homère présenté dans des scènes détachées.

ILIADE.

Chant I. — Apollon, pour venger Chrysès, fait périr les Grecs à coups de flèches (v. 43. Λοίμος, v. 61).

Minerve, envoyée par Junon, vient calmer Achille (v. 194).

Jupiter et Thétis. Serment du maître des Dieux (v. 495 et 528).

Chant II. — Minerve engage Ulysse à retenir les Grecs, qui s'apprêtent à partir (v. 166).

Iris, empruntant la voix de Polite, exhorte Hector à marcher à la tête des Troyens et de leurs alliés (v. 293).

Chant III. — Vénus rompt la courroie du casque de Pâris, et le dérobe aux coups de Ménélas (v. 373).

Chant IV. — Scène de l'Olympe. D'après les ordres de Jupiter, conseillé par Junon, Minerve, sous les traits de Laodocus, fils d'Anténor, engage Pandarus à rompre la trêve (v. 1).

Chant V. — Vénus blessée par Diomède (v. 330).

Reproches de Jupiter à Mars (v. 888).

Chant VI. — Action des Dieux totalement interrompue.

Chant VII. — Interruption continuée, à quelques faibles exceptions près.

Chant VIII. — Jupiter défend aux Dieux toute intervention dans les deux partis. Sublime allégorie de la chaîne d'or (v. 1)

Chant IX. — Interruption.

Chant X. — Interruption.

Chant XI. — Jupiter envoie la Discorde vers les vaisseaux des Grecs. Emploi du merveilleux *secondaire*, ou de personnages purement allégoriques (v. 1).

Chant XII. — Interruption.

Chant XIII. — Neptune, bravant la défense portée par Jupiter, prend la voix et la figure de Calchas, et vient ranimer le courage des Grecs, attaqués jusque dans leurs vaisseaux (v. 10).

Chant XIV. — Ruse de Junon pour tromper Jupiter (v. 153).

Chant XV. — Jupiter fait retirer Neptune du combat, et y envoie Apollon (v. 158).

Chant XVI. — Jupiter déplore le destin de son fils Sarpédon (v. 433).

Chant XVII. — Intervention divine peu sensible.

Chant XVIII. — Thétis console Achille; elle demande à Vulcain des armes pour son fils (v. 35 et 368).

Chant XIX. — Un des chevaux d'Achille, Xanthe, répond à son maître. Explication de ce merveilleux; rapprochement avec des passages d'autres poëtes (v. 404).

Chant XX. — Jupiter lève la défense qu'il a faite aux Dieux de prendre part aux combats. Les habitans de l'Olympe se mêlent dans les rangs des deux partis (v. 4).

Chant XXI. — Combat d'Achille et du fleuve Scamandre (v. 233).

Chant XXII. — Jupiter pèse les destins d'Achille et d'Hector (v. 208).

Chant XXIII. — Intervention presque nulle.

Chant XXIV. — Mercure, par ordre de Jupiter, conduit Priam, et l'introduit auprès d'Achille. (v. 334).

ODYSSÉE.

Chant I. — Minerve se rend auprès de Télémaque sous la figure de Mentès, roi des Taphiens (v. 96).

Chant III. — Singulier départ de Minerve, après les paroles que cette Déesse a adressées à Nestor (v. 371).

Chant V. — La Calypso d'Homère comparée à celle de Fénelon.

Chant VI. — Minerve apparaît en songe à Nausicaa (v. 15).

Chant VIII. — Merveilleux *épisodique.* Amours de Mars et de Vénus (v. 266).

Chant IX. — Polyphème.

Chant X. — Circé (Θεὰ, v. 311).

Chant XI. — Comparaison des Enfers de l'Odyssée, de l'Énéide et du Télémaque.

Chant XII. — Les Sirènes (v. 39 et 181).

Chant XVIII. — Minerve prend elle-même le soin d'embellir Pénélope (v. 186).

Chant XXII. — Minerve s'approche d'Ulysse, et l'encourage à combattre les prétendans. Double métamorphose de cette Déesse dans la même circonstance (v. 206 et 240.)

Chant XXIV. — Mercure (Ψυχοπομπός.)

FIN.

www.ingramcontent.com/pod-product-compliance
Ingram Content Group UK Ltd.
Pitfield, Milton Keynes, MK11 3LW, UK
UKHW020412220726
13923UKWH00004B/1895

9 782019 647063